Michalis Ganas

Gläsernes Jannena

Michalis Ganas

Gläsernes Jannena

Aus dem Griechischen von
Nelly Weber

Mit Zeichnungen von
Elke Ziebarth

Romiosini • Poesie

Aus dem Neugriechischen übertragen von Nelly Weber

Vertrieb: Moll & Eckhardt Buchvertrieb
Zülpicher Str. 174, 50937 Köln
Tel.: 0221/ 42 73 65-66
Telefax: 0221/ 42 57 10

Lektorat: Birgit Hildebrand
Satz: Nelly Weber

Gesamtherstellung: Schnelldruck-Service Mortazavi, Köln

ISBN 3-929889-03-X

und nur aus deiner Hand
empfing ich ein Körnchen Freude
M.G.

I

Χάραζε ὁ τόπος μέ βουνά πολλά
κι ἀνάτελλε τά ζωντανά του,
καλούς ἀνθρώπους καί κακούς, νυφίτσες,
ἀλεποῦδες, μιά λίμνη ὡς κόρην
ὀφθαλμοῦ καί κάστρα πατημένα.

Θά 'ναι τά Γιάννενα, ψιθύρισα,
στό χιόνι καί στόν ἄγριο καιρό
γυάλινα καί μαλαματένια.
Κι ὅσο πήγαινε ἡ μέρα,
σάν τό βαπόρι σέ καλά νερά,
εἶδα καί μιναρέδες κι ἄκουσα
τά μπακίρια νά βελάζουν.

I

Es dämmerte der Ort mit vielen Bergen
und ließ aufgehen seine Lebewesen,
gute und böse Menschen, Wiesel,
Füchse, und einen See gleich
einem Auge und bezwungene Kastelle.

Das wird Jannena sein, murmelte ich,
in Schnee und wildem Wetter
gläsern und golden.
Und wie der Tag so vorrückte,
dem Dampfer gleich bei stiller See,
sah ich auch Minarette und hörte
das Blöken des Kupfers.

II

στόν Χρῆστο Μπράβο

Μιά τέτοια νύχτα, πρίν ἀπό χρόνια,
κάποιος περπάτησε μόνος, δέν ξέρω πόσα
λασπωμένα χιλιόμετρα.
Νύχτα καί συννεφιά χωρίς ἄστρα.
Ξημερώματα μπῆκε στά Γιάννενα.

Στό πρῶτο χάνι ἔφαγε, καί κοιμήθηκε
τρία μερόνυχτα. Ξύπνησε ἀπ' τό χιόνι
πού ἔπεφτε μαλακά, στάθηκε στό παράθυρο
κι ἄκουγε τά κλαρίνα.
Πότε θαμπά καί πότε δίπλα του,
ὅπως τά 'φερνε ὁ ἄνεμος.
Κι ἄκουσε μετά τή φωνή
πεντακάθαρη, ἀπό κάπου κοντά,
σάν ἀλύχτημα καί σάν νά τήν ἔσφαζαν
τή γυναίκα κι οὔτε καβγάς οὔτε
τίποτε ἄλλο, χιόνιζε ὅλη νύχτα στά Γιάννενα.
Ξημερώματα πλήρωσε τί χρωστοῦσε
καί γύρισε στό χωριό του.

Στά πενήντα του θά 'τανε
μέ γκρίζα μαλλιά καί τρεῖς θυγατέρες
ἀνύπαντρες, χῆρος τέσσερα χρόνια,
μέ τή μαύρη κάπα στίς πλάτες,
καί τί χιόνι σήκωσαν τοῦτες οἱ πλάτες
κανένας δέν τό 'μαθε.

II

für Christos Bravos

In einer solchen Nacht, vor Jahren,
ist jemand allein, wer weiß wieviele
verschlammte Kilometer gegangen.
Sternlose Nacht und Wolken.
Im Morgengrauen traf er in Jannena ein.

Im ersten Gasthaus aß er und schlief
drei Tage und Nächte. Er wachte auf vom Schnee
der sanft herniederfiel, er blieb am Fenster stehen
und lauschte den Klarinetten.
Mal verschwommen mal nah bei ihm,
wie sie der Wind herübertrug.
Danach hörte er die Stimme
glasklar, von irgendwo nahebei,
wie Aufheulen und als ob man sie schlachte
die Frau und weder Streit noch
sonst etwas, es schneite die ganze Nacht in Jannena.
Im Morgengrauen zahlte er, was er schuldig war
und kehrte in sein Dorf zurück.

Um die Fünfzig mochte er sein
mit grauen Haaren und drei Töchtern
die unverheiratet, seit vier Jahren Witwer,
den schwarzen Umhang auf dem Rücken,
und was für Schnee sein Rücken trug
hat niemand je erfahren.

III

Νερόμυλοι αλέθουνε σιτάρι, καλαμπόκι
μαῦρο, ἡ μνήμη του χλοΐζει ὀνόματα
καί τόπους, μά δέν ἀκούει τόν ἄνεμο
κι ἄς τρέμει, ἄς κυματίζει τό χορτάρι
κι ὅταν μιλάει τά λόγια χάνονται
σέ χαραμάδες καί χαλίκια τοῦ κορμιοῦ του,
μά νά την μιά γυναίκα τώρα,
πού λέει τ' ὄνομά του δυό καί τρεῖς φορές
μ' ἀνθρώπινη λαλίτσα.

Θάνατε μή τόν κατατρέχεις ἄλλο
κι ἐσύ ζωή μή τοῦ γεμίζεις ἄμμο
τίς ραφές τῶν ρούχων του καί τά ρουθούνια,
κατέβηκε ἀπό ψηλά βουνά καί νάτος τώρα
πάνω στό δίσκο τῆς ἀγάπης,
πού θά τόν κάνει μιά μπουκιά,
στή φυλλωσιά της θά τόν κρύψει,
πῶς κρύβει δέντρο τό πουλί.

III

Die Wassermühlen mahlen Korn, schwarzen
Mais, sein Gedächtnis läßt Namen sprießen
und Orte, doch hört er nicht den Wind
auch wenn das Gras zittert und wogt
und wenn er spricht verlieren sich die Worte
in den Ritzen und Kieseln seines Körpers,
doch da ist nun eine Frau,
die seinen Namen zwei und dreimal ausspricht
mit Menschenstimme.

Tod, verfolge ihn nicht weiter
und du Leben, füll ihm nicht mit Sand
die Nähte seiner Kleider und die Nasenlöcher,
er stieg von hohen Bergen ab und ist jetzt da
auf dem Opferteller der Liebe,
die ihn verschlingen,
bergen wird in ihrem Laubwerk
wie ein Baum den Vogel birgt.

IV

στόν Φίλιππο Βλάχο

Θολό ξημέρωμα, σοκάκια καί σκυλιά
δεμένα, μά στόν άέρα κάτι άπ' τά μαλλιά της,
πού τά 'λουζε Σάββατο βράδυ μοσχοσάπουνο.
'Απέστρεφε τά μάτια ὁ Παντοκράτορας
ἀπ' τά πλεούμενα τῆς λίμνης νά τή δεῖ
καί τότε σήμαιναν καμπάνες,
μπαῖναν οἱ Χριστιανοί στίς ἐκκλησιές.

Φυσάει τό Μιτσικέλι κι οἱ ντάπιες
πέφτουν μία μία στά χέρια τῶν ἐχθρῶν,
μά ποιῶν ἐχθρῶν πού νάτος
φάνηκε ὁ εἰσπράκτορας μέ γκρίζο ἀμπέχωνο,
μέ βήχα καί τσιγάρο,
βρίζει τόν ὁδηγό καί τούς τουρίστες,
τόν Ρόβα πέρα στή Βλαχιά.

IV

für Philippos Vlachos

Trübe Morgendämmerung, Gassen und Hunde
angebunden, doch in der Luft etwas von ihrem Haar,
das sie am Samstagabend mit Moschusseife wusch.
Um sie zu sehen, wandte der Allmächtige die Augen
von den Kähnen auf dem See
und dann läuteten die Glocken,
zur Kirche gingen die Christen.

Es weht vom Mitsikeli und die Schützengräben
fallen nach und nach den Feinden in die Hände,
doch welchen Feinden, da doch
der Schaffner auftrat im grauen Militärrock,
hustend und mit Zigarette,
beschimpft den Fahrer und die Touristen
und den Rovas drüben in der Walachei.

V

Σ' ἀκούω πού περνᾶς τά μεσημέρια
ἁλάτι κουβαλώντας νοτισμένο
κι ὅπως χτυποῦν τά πέταλα στίς πέτρες,
μυρίζει θειάφι ὁ πικρός ἀέρας.

Σ' ἀκούω πού περνᾶς τούς λαβωμένους
μέ τίς πληγές τους σταυρωτά στό στῆθος,
δεμένους μέ τριχιές κι ἄλλους μέ σύρμα,
τόν Κωσταντή στό ἴδιο του τό αἷμα.

Σ' ἀκούω τόν ὄρθρο πού οἱ παπάδες ψέλνουν
κι εἶναι βουβές στόν ὕπνο μου οἱ καμπάνες,
μ' ἕνα ραβδί, τυφλός, νά ζητιανεύεις
κι ἀχνίζει ἀπ' τά μαλλιά σου μαῦρο αἷμα.

Στούς οὐρανούς δέν πάει σάν τό λιβάνι,
στά σύρματα κουρνιάζει, στίς κολόνες,
γκρίζο πουλί μέ κόκκινα ποδάρια,
πού κρυφακούει τά φοβερά μαντάτα.

V

Ich höre dich vorbeireiten zur Mittagszeit
und feuchtgewordenes Salz herbeischaffen
und wie die Hufe auf die Steine klopfen,
da riecht die bittere Luft nach Schwefel.

Ich höre dich Verwundete herüberbringen
deren Wunden auf der Brust sich kreuzen,
mit Stricken manche, andere mit Draht gebunden,
und Kostantis in seinem eigenen Blute liegend.

Ich höre dich morgens, wenn Popen früh die Messe singen
doch sind in meinem Schlafe stumm die Glocken,
du gehst am Stock, ein Blinder, um zu betteln
und aus deinem Haar dampft schwarzes Blut.

Er steigt nicht wie der Weihrauch himmelwärts,
er hockt vielmehr auf Drähten, hockt auf Säulen,
einem grauen Vogel gleich mit roten Füßen,
der fürchterlichen Nachricht lauschend.

VI

Παράκτια πολυβολεῖα νά βαροῦν τή θάλασσα,
μόνος ἐγώ μέ τά μποστάνια πίσω μου
καί τά βουνά βραδυφλεγῆ κι ἀπύθμενα.
Φτέρνα πού τά πατεῖ, βρυσούλα πού τά βρέχει
καί τό ντουφέκι ὕπουλο σάν ἑρπετό
τ' ἀκοῦς ἐδῶ τ' ἀκοῦς πιό πέρα,
κλείνουνε σπίτια μαυροφοροῦν γυναῖκες,
κατηφορίζουν τά χωριά γιά τό ποτάμι.
Οἱ κέδροι ψύχουν τόν ὁρίζοντα,
πέφτει χαλάζι, πέφτει βαρύς
ὁ οὐρανός στούς ὤμους,
ποῦ ξαποσταίνει τό γαλάζιο, ποῦ μοιράζεται.

Τό λίγο στό μυρμήγκι
τό πολύ στόν τζίτζικα,
οἱ ρῶγες του στά θεοπούλια.

Ἄς πάει κι ἄλλο αὐτό τό τσέρκι,
θά παίξει θά νυστάξει τό παιδί,
χωρίς τό φύλακα ἄγγελο
θά τριγυρνᾶ στή νύχτα.
Κι ἄν θά βρεθεῖ γυναίκα νά τοῦ φέγγει.

VI

Maschinengewehrnester an der Küste peitschen das Meer,
und ich allein mit den Gemüsegärten hinter mir
und die Berge Spätzünder und abgrundtief.
Ferse die auf sie tritt, Brünnlein das sie tränkt
und das Gewehr tückisch wie ein Reptil
du hörst es hier du hörst es dort,
Häuser verwaisen Frauen tragen schwarz,
die Dörfer fallen zum Fluß hin ab.
Zedern spenden dem Horizont die Kühle,
Hagel fällt nieder, schwer fällt
der Himmel auf die Schultern,
wo ruht das Blau aus, wie wird es verteilt.

Das Wenige der Ameise
das Viele der Zikade,
seine Brust den Gottesvögeln.

Soll er weiter rollen dieser Reifen,
das Kind wird spielen, wird schläfrig werden,
ohne den Schutzengel
wird es sich herumtreiben in der Nacht.
Wenn jemals eine Frau sich findet, ihm zu leuchten.

VII

Τόν ξέρω αὐτό τόν τόπο,
ξαναπέρασα παιδί μέ τό πουλάρι μου.
Ἔχουν ἀλλάξει ὅλα
κάτω ἀπ' τόν ἴδιο οὐρανό.

Ξαπλώνω στό ψηλό χορτάρι,
ἄνοιξη καί βροχή, δέν κλαίω.
Ἄς ξαναπέσουν ὅλα
στήν πράσινη βουβή ἀγκαλιά.
Γυρίζω μπρούμυτα κι ἀκούω
τό καπάκι τ' οὐρανοῦ πού κλείνει.

Σ' αὐτή τήν κιβωτό
εἶμαι τό εἶδος δίχως ταίρι.

VII

Ich kenne diesen Ort,
einmal kam ich als Kind vorbei mit meinem Fohlen.
Alles hat sich verändert
unter dem gleichen Himmel.

Ich strecke mich aus im hohen Gras,
Frühling und Regen, ich weine nicht.
Soll doch alles wieder versinken
in die grüne stumme Umarmung.
Ich drehe mich auf den Bauch und höre
wie der Deckel des Himmels sich schließt.

In dieser Arche
bin ich die Gattung ohne Doppel.

Χριστουγεννιάτικη ἱστορία

Κάθεται μόνος
καί καθαρίζει τ' ὅπλο του δίπλα στό τζάκι.
Κανείς δέ θά 'ρθει καί τό ξέρει,
κλεῖσαν οἱ δρόμοι ἀπό τό χιόνι, σάν πέρυσι,
σάν πρόπερσι, Χριστούγεννα καί πάλι
καί τά ποτά κρυώνουν στό ντουλάπι.
Τό τσίπουρο στυφό, τό οὖζο γάλα
καί τό κρασί ραγίζει τά μπουκάλια.
'Εκείνη τρία χρόνια πεθαμένη.

Κάθεται μόνος του δίπλα στό τζάκι,
δέν πίνει, δέν καπνίζει, δέ μιλάει.
Στήν τηλεόραση χιονίζει,
τό στρώνει ἀργά στό πάτωμα καί στό τραπέζι
καί στίς παλιές φωτογραφίες,
γνώριμα μάτια τῶν νεκρῶν,
πού τόν κοιτάζουν ἀπ' τό μέλλον.
'Εκείνη τρία χρόνια πεθαμένη
καί μόνο τό`δικό της βλέμμα
ἔρχεται ἀπό τά περασμένα.

Κοντεύουνε μεσάνυχτα
καί καθαρίζει τ' ὅπλο του ἀπ' τό πρωί.
Πῶς νά τοῦ πῶ «Καλά Χριστούγεννα»,
εὐχές δέ φθάνουν ὥς ἐδῶ,
δρόμοι κλεισμένοι, τηλέφωνα κομμένα,
ἡ σκέψη ἁρπάζεται ἀπ' τό κλαδί τῆς μνήμης,
μά νά τρυπώσει δέν μπορεῖ στή μοναξιά του.
Μιά μοναξιά πού χτίστηκε σιγά σιγά
μ' ὅλα τά ὑλικά καί δίχως λόγια.

Weihnachtliche Geschichte

Er sitzt alleine
und putzt sein Gewehr neben dem Kamin.
Niemand wird kommen und er weiß es,
die Straßen sind vom Schnee gesperrt, wie voriges Jahr,
und wie im Jahr zuvor, Weihnachten schon wieder
die Getränke frieren ein im Schrank.
Der Schnaps herb, der Uso milchig
vom Wein bekommt die Flasche Risse.
Sie seit drei Jahren tot.

Er sitzt alleine neben dem Kamin,
er trinkt nicht, er raucht nicht, er spricht nicht.
Im Fernsehen Schnee,
der sich nach und nach auf Tisch und Boden breitet
und auf die alten Fotografien,
bekannte Augen der Toten,
die ihn aus der Zukunft anschauen.
Sie seit drei Jahren tot
ihr Blick allein
kommt aus der Vergangenheit.

Mitternacht rückt heran
und er putzt sein Gewehr seit heute morgen.
Wie soll ich ihm „Frohe Weihnachten“ sagen,
Wünsche kommen hier nicht an,
Straßen gesperrt, Telefone unterbrochen,
der Gedanke klammert sich an den Zweig der Erinnerung,
doch kann er nicht in seine Einsamkeit schlüpfen.
Eine Einsamkeit, die nach und nach sich aufgebaut
aus allerlei Material und ohne Worte.

Κοντεύουν ξημερώματα κι ἀκόμη
γυαλίζει τ' ὅπλο του δίπλα στό τζάκι
μέ ἀργές κινήσεις σά νά τό χαϊδεύει.
Μένει στά δάχτυλα τό λάδι
ἀλλά τό χάδι χάνεται.
Θυμᾶται κυνηγετικές σκηνές
μέ ἀγριογούρουνα καί χιόνια ματωμένα,
πρίν γίνει θήραμα κι ὁ ἴδιος
στήν μπούκα ἑνός κρυμμένου κυνηγοῦ,
πού τόν παραμονεύει ἀθέατος
ἀφήνοντας νά τόν προδίδουν κάθε τόσο
πότε μιά λάμψη κάνης,
πότε μιά κίνηση στίς κουμαριές
κι ἡ μυρωδιά ἀπ' τό βαρύ καπνό του.
Ξέρει καλά ὅτι κρατάει
μακρύκανο παλιό μπροστογεμές
γεμάτο σκάγια καί μπαρούτι μαῦρο.
Ὅταν ἀποφασίσει νά τοῦ ρίξει
δέ θά προλάβει πάλι νά τόν δεῖ
πίσω ἀπ' τό σύννεφο τῆς ντουφεκιᾶς του.

Ἄν σκέφτεται στ' ἀλήθεια κάτι τέτοια,
καί δέν τόν τιμωρῶ ἐγώ μ' αὐτές τίς σκέψεις,
πῶς νά πλαγιάσει καί νά κοιμηθεῖ.
Λέω νά γίνω πατέρας τοῦ πατέρα μου,
ἕνας πατέρας πού τοῦ ἔτυχε
σιωπηλό καί δύστροπο παιδί,
καί νά τοῦ πῶ μιά ἱστορία
γιά νά τόν πάρει ὁ ὕπνος.

Ὕπνε πού παίρνεις τά παιδιά πάρε καί τόν πατέρα...

Das Morgendämmern rückt heran und immer noch
poliert er das Gewehr neben dem Kamin
mit langsamen Bewegungen, als würde er es streicheln.
An den Fingern haftet noch das Öl
jedoch die Zärtlichkeit verschwindet.
Er ruft Jagdszenen in seine Erinnerung zurück
mit Wildschweinen und mit blutbeflecktem Schnee,
bevor er selbst zur Beute wurde
in der Mündung eines Jägers, der versteckt
ihn unsichtbar belauert
wobei er doch sich öfter selbst verrät
mal durch das Blitzen des Gewehrlaufs,
mal durch ein Wogen im Gebüsch
und den Geruch seines starken Tabaks.
Er wußte wohl,
daß es ein alter Vorderlader war
voll Schrot und schwarzem Pulver.
Sollte er sich durchringen, auf ihn zu feuern
wird es ihm wieder nicht gelingen, ihn zu sehen
hinter der Wolke seines Schusses.

Wenn er wahrhaftig an so etwas denkt,
und wenn nicht ich ihn mit solch einem Gedanken strafe,
wie soll er sich dann legen und einschlafen.
Ich sollte, denk ich, Vater meines Vaters werden,
ein Vater, dem es zugefallen
einem Kind, das schweigsam ist und eigensinnig,
eine Geschichte zu erzählen
damit der Schlaf es übermannt.

Schlaf, der du die Kinder schlafen läßt, laß auch den Vater schlafen...

Ὕπνε πού παίρνεις τά παιδιά
πάρε καί τόν πατέρα· ἀπ' τίς μασχάλες πιάσ' τονε
σά νά 'ταν λαβωμένος. Ὅπου πηγαίνεις τά παιδιά
ἐκεῖ περπάτησέ τον, μέ τό βαρύ ἀμπέχωνο
στίς πλάτες του ν' ἀχνίζει.

Δῶσ' του κι ἕνα καλό σκυλί
καί τούς παλιούς του φίλους, καί ρίξε χιόνι ὕστερα
ἄσπρο σάν κάθε χρόνο. Νά βγαίνει ἡ μάνα νά κοιτᾶ
ἀπό τό παραθύρι, τήν ἔγνοια της νά βλέπουμε
στά γαλανά της μάτια, κι ὅλοι νά τῆς τό κρύβουμε
πώς εἶναι πεθαμένη.

Ὕπνε πού παίρνεις τά παιδιά
πάρε κι ἐμᾶς μαζί σου, μέ τούς ἀνήλικους γονεῖς,
παιδάκια τῶν παιδιῶν μας. Σέ στρωματσάδα ρίξε μας
μιά νύχτα τοῦ χειμώνα, πίσω ἀπ' τά ματοτσίνορα
ν' ἀκοῦμε τούς μεγάλους, νά βήχουν, νά σωπαίνουνε,
νά βλαστημοῦν τό χιόνι. Κι ἐμεῖς νά τούς λυπόμαστε
πού γίνανε μεγάλοι καί νά βιαζόμαστε πολύ
νά μοιάσουμε σ' ἐκείνους, νά δοῦν πώς μεγαλώσαμε
νά παρηγορηθοῦνε.

Schlaf, der du die Kinder schlafen läßt,
laß auch den Vater schlafen; faß ihn unter die Achsel
als wäre er verwundet. Wohin du die Kinder bringst
dorthin führe auch ihn, den dampfenden Waffenrock
schwer auf seinen Schultern.

Gib ihm auch einen guten Hund
und seine alten Freunde, und streue nachher Schnee aus
weiß wie jedes Jahr. So daß die Mutter kommt
und durch das Fenster schaut, und wir die Sorge sehen
in ihren blauen Augen, auf daß wir ihr verbergen
daß sie tot ist.

Schlaf, der du die Kinder schlafen läßt,
laß uns auch schlafen mit dir, mit den unmündigen Eltern,
Kindlein unserer Kinder. Wirf uns in einer Winternacht
auf das Lager am Fußboden, so daß wir hinter den Wimpern
die Erwachsenen hören, wie sie husten, schweigen,
den Schnee verfluchen. Und wir bedauern sie
daß sie erwachsen wurden und beeilen uns sehr
ihnen zu gleichen, so daß sie uns als Erwachsene sehen
und sich trösten können.

Δίπτυχο

I

Μέ τά γυμνά της πόδια στίς βατιές,
άσπρα λαγωνικά,
καί τοῦφες τοῦφες τά μαλλιά
νά τά ξασπρίζει ὁ χρόνος ἤ μήπως
ἦταν ὁ ἀέρας. Ἀέρας θά 'τανε
καί δυνατή βροχή, σχισμή τοῦ βράχου
κι ἀντάρα πού χαμήλωνε
σάν τήν ποδιά της, κρύβοντας τό βουνό.

Ἐκεῖ στό βράχο κι ἡ καλή της ἠλακάτη
τουλοῦπες ἔγνεθε καί φονικά,
ἔζωσε μοναστήρια μέ τό νῆμα της,
ἔδεσε σπίτια κι ἔσυρε καράβια,
ὥσπου κουράστηκαν τ' ἀρθριτικά της χέρια.

Περνοῦν λαγοί στόν ὕπνο της κι ἀγρίμια,
κάνει νά τά χαϊδέψει καί τά πνίγει,
σπαράζουνε τά τρυφερά κορμιά τους
τήν ξυπνοῦν. Κοιτάζει τό σκοτάδι,
δέ μιλάει, καντήλι δέν ἀνάβει πιά,
τῆς τό 'σβησε δυό τρεῖς φορές
ἀέρας δυνατός.
Ποιός νά φυσοῦσε κι ἀπό ποῦ,
πόρτες παράθυρα κλειστά.

Diptychon

I

Mit ihren nackten Füßen im Gestrüpp,
weiße Spürhunde,
und Büchel um Büchel die Haare
von der Zeit gebleicht oder vielleicht
war es der Wind. Der Wind wird es gewesen sein
und starker Regen, Felsspalten
dichter Nebel senkte sich nieder
wie ihre Schürze, den Gipfel einhüllend.

Dort auf dem Felsen auch ihre Spindel wohlgemut
Flockenwolle spann sie und Morde,
umgürtete Klöster mit ihrem Lebensfaden,
band Häuser und zog Schiffe,
bis ihre arthritischen Hände müde wurden.

Es ziehen Hasen vorbei in ihrem Schlaf und Wild,
sie will sie streicheln erwürgt sie aber,
ihre zärtlichen Leiber zucken und
wecken sie. Sie sieht die Dunkelheit,
sie spricht nicht, zündet keinen Docht mehr an,
zwei dreimal ging er ihr aus
durch starken Wind.
Wer soll wehen und von wo,
Türen Fenster geschlossen.

II

Χώρισαν καί χαθήκανε
στήν ἴδια γειτονιά, στούς ἴδιους δρόμους.
Ἐκείνη γύριζε καί γύρευε
σ' ἄλλα κορμιά τή μουσική του.
Ἀπελπίστηκε, παντρεύτηκε μιά μέρα.

Τόν ξέχασε κι αὐτόν καί τό κορμί της,
ἔγινε σύζυγος, μητέρα,
πρώτη ξαδέλφη ὅλων τῶν ἀπελπισμένων.
Τούς βλέπει κάθε βράδυ στήν TV.
Ἀδύνατον νά πάει στό κρεβάτι
ὥσπου νά πέσουν χιόνια στήν ὀθόνη.
Τή γαληνεύει αὐτό τό ἄσπρο —ἕνα τίποτε—
κι ἔτσι τήν παίρνει ὁ ὕπνος.

Ἀλλοῦ βλασταίνουν σώματα καινούργια,
δίνουνε ὅρκους κι ἐπιμένουν στήν ἀγάπη.
Τήν ἀπελπίζει τόση ἐλπίδα.

Τά Σάββατα πρωί πρωί στή λαϊκή,
κόκκινα μῆλα, πράσινα μαρούλια
καί σέλινα μέ τά μαλλιά λυμένα.
Ἡ φύση, μπόλικη καί χύμα, τῆς διδάσκει
πώς δέν πεθαίνουνε τά μῆλα ἀπό λύπη.
Καί ἀναβάλλει μέχρι τ' ἄλλο Σάββατο.

II

Sie trennten sich und sie verloren sich
in der gleichen Nachbarschaft, im gleichen Viertel.
Sie irrte umher und suchte
in anderen Körpern seine Musik.
Sie verzweifelte, heiratete dann eines Tages.

Sie vergaß ihn und ihren Körper auch,
sie wurde Ehefrau, Mutter,
Cousine ersten Grades aller Verzweifelten.
Die sieht sie jeden Abend im TV.
Ins Bett zu kommen ist nicht möglich
bevor der Schnee auf der Leinwand fällt.
Es beruhigt sie dieses Weiß – ein Nichts –
und so findet sie den Schlaf.

Woanders blühen neue Körper auf,
sie leisten Schwüre und beharren auf der Liebe.
So viel Hoffnung läßt sie verzweifeln.

Samstags in aller Frühe zum Wochenmarkt
rote Äpfel, grüner Kopfsalat
und mit gelöstem Haar die Sellerie.
Die Natur, reichhaltig und ausgebreitet, sie lehrt sie
daß Äpfel nicht vor Trauer sterben.
So schiebt sie es auf zum nächsten Samstag.

Ὑστερόγραφο

Ποίημα τοῦ μεσονυκτίου

Μεσάνυχτα.
Κάτι χλωρό κι αἰφνίδιο σέ ζυγώνει,
σάλιο μικροῦ παιδιοῦ ἀνθίζει στόν ἀέρα
κι ὅλο τό σπίτι σκοτεινό.
Βήματα καί φωνές τῆς μέρας
τά ἤπιε τό σκοτάδι.

Εἶναι ἡ ὥρα πού γράφονται ποιήματα,
καθώς ἡ κούραση κατακάθεται σά σκόνη
κι ἡ ἄλλη μέρα θά φυσήξει πάνω της
καί πάλι θά σοῦ φάει τά τσίνορα.
Εἶναι ἡ ὥρα πού πηδάει ἔξω ἀπ' τό χρόνο,
ὁ χρόνος πού γίνεται στιγμή,
πέτρα πού ἁπλώνει κύκλους στό νερό
κι ἐνῶ ἔχει ἀγγίξει τό βυθό,
ἐπάνω της οἱ κύκλοι ὅλο πλαταίνουν.

Ὥσπου ἀκοῦς ἀπ' τήν κουζίνα τό ψυγεῖο,
τό τρίξιμο τοῦ κρεβατιοῦ,
καί νιώθεις πώς σέ ξαναβάζουνε στήν πρίζα
ἀπ' ὅπου ἀπρόβλεπτα
σ' εἶχε ἕνα χέρι ἀποσυνδέσει.

Postskriptum

Gedicht der Mitternacht

Mitternacht.
Etwas Frisches und Überraschendes nähert sich dir,
Speichel eines kleinen Kindes blüht in der Luft
und das ganze Haus im Dunkel.
Schritte und Stimmen des Tages
sog die Dunkelheit auf.

Es ist die Stunde zu der man Gedichte schreibt,
da die Müdigkeit sich niedersenkt wie Staub
und der nächste Tag wird blasen über ihn
und wieder wird er dir die Wimpern zerfressen.
Es ist die Stunde die aus der Zeit herausspringt,
die Zeit die zum Augenblick wird,
ein Stein der Kreise auf dem Wasser zieht
und obwohl er den Grund berührt hat,
weiten die Kreise über ihm sich ständig aus.

Bis du mit einemmal den Kühlschrank aus der Küche hörst,
das Knarren des Bettes,
und fühlst wie man dich wieder an den Strom anschließt
von dem ganz unvorhergesehen
eine Hand dich abgeschaltet hatte.

Μνήμη Κ. Γ. Καρυωτάκη

Παράθυρα πού κούρασε ἡ θέα
στή Νίκαια, στό Μέτς, στήν Καλλιθέα
καί δέν μποροῦν ν' ἀλλάξουν περιβάλλον.

Τά χτίζουν ἕνα ἕνα τά καημένα
στῶν τοίχων τά πλευρά καί τῶν μετάλλων,
ἄνθρωποι σάν ἐσένα σάν ἐμένα.

Στό τέλος τά δουλεύουν οἱ τζαμτζῆδες
γράφοντας τίς ὁμάδες πού ἀγαπᾶνε.
Φαίνεται καθαρά πόσο πονᾶνε
σ' ἐμᾶς τούς μανιακούς μπανιστιρτζῆδες.

Οἱ ἔνοικοι κρεμᾶνε τίς κουρτίνες,
νά κρύψουν τί στ' ἀλήθεια κι ἀπό ποιόνε.
Ὅλοι τό ἴδιο γδύνονται καί τρῶνε
καί χάνονται στοῦ κρεβατιοῦ τίς δίνες.

Γιατί νά τελειώνει λυπημένα
τό ποίημα πού τόσοι κατοικοῦνε.
Ποιός τάχα νά τό χρέωσε σέ μένα
καί πίσω ἀπό τήν πλάτη μου γελοῦνε
ἔνοικοι, ἐργολάβοι, θυρωροί...

In memoriam K. G. Karyotakis

Fenster ermüdet von der Aussicht
in Nizza, in Metz, in Kallithea
ihre Umgebung können sie nicht wechseln.

Man baut die armen Dinger nacheinander ein
in die Seiten der Wände und der Rahmen,
Menschen wie du und ich.

Zuletzt haben die Glaser sie in Arbeit
sie schreiben ihre Lieblingsmannschaft drauf.
Wir sehen ganz klar wie sie leiden
unter uns besessenen Spannern.

Die Mieter hängen die Vorhänge auf,
um was denn und vor wem geheimzuhalten.
Alle ziehen auf die selbe Art sich aus und essen
und verschwinden dann im Strudel ihres Bettes.

Warum soll es betrübt zu Ende gehen
das Gedicht in dem so viele wohnen.
Wer hat es mir wohl aufgeladen
so daß hinter meinem Rücken alle lachen
Mieter, Unternehmer, Pförtner...

Κάθε πρωί

Κάθε πρωί γύρω στίς δέκα
μιά λάμψη σκοτεινή τόν γονατίζει.
Θέλει νά τρέξει νά κρυφτεῖ,
θέλει σκοτάδι.
Γύρω τηλέφωνα, πελάτες
κι ἕνας στά μαῦρα,
μέ σχοινί καί μέ κουβά,
πού τόν ἀδειάζει ὥς τά γόνατα.

'Ακούει μέσα του τ' ἀνήμερο πηγάδι,
τ' ἄπιαστο χέλι πού βιδώνεται στή λάσπη,
κι ἀνάβει ἀργά τό δέκατο τσιγάρο.

Σάν προσευχή
σηκώνεται ὁ καπνός
καί σάν καπνός
ἀπό καμένο σπίτι,
πού χρόνια τώρα ὅλοι ἔχουν φύγει
κι αὐτό καπνίζει μοναχό του
κουφώματα
πατώματα
κρεβάτια...

Jeden Morgen

Jeden Morgen so um zehn
drückt ihn ein dunkler Glanz zu Boden.
Er will laufen sich zu verbergen,
er will Dunkelheit.
Ringsum Telefone, Kunden
auch einer in Schwarz,
mit Seil und mit Eimer
den er ausleert bis zu den Knien.

Er hört in sich die wilde Quelle,
der Aal, den man nicht fassen kann, eingebohrt in Schlamm
und er zündet langsam die zehnte Zigarette an.

Wie ein Gebet
steigt der Rauch auf
und wie Rauch
aus einem abgebrannten Haus,
wo alle jetzt seit Jahren weggegangen
und es raucht von allein
Fensterrahmen
Fußböden
Betten...

Flash-black

βρέχει σέ ὅλες τίς γυναῖκες πού ἀγάπησα
ΓΙΑΝΝΗΣ ΕΥΣΤΑΘΙΑΔΗΣ

Ἔπεφτε τό κορμάκι σου καί τό 'χτιζα μέ χάδια
τήν ὥρα πού 'σβησε τό φῶς
κι ἄναψαν τά σκοτάδια.

Εἶδα τό μαῦρο πού 'κρυβες
μέ σάρκα καί μέ δέρμα
κι ἀνάμεσα στά δόντια σου τό «σ' ἀγαπῶ» σάν κέρμα.

Τρόμαξα κι ἄναψες τό φῶς, ἡ νύχτα ἔκανε πίσω
σά φίδι πού δέν πρόλαβα
καλά νά τό χτυπήσω.

Κι ἄφησε στό σεντόνι μας
τό μαῦρο της τό ντύμα,
ὅλο τό βράδυ πάσχιζα νά κόψω αὐτό τό νῆμα.

Flash-black

es regnet auf alle Frauen die ich geliebt
JANNIS EVSTATHIADIS

Dein süßer Körper sank herab, von Zärtlichkeit umfangen
zur Stunde, als das Licht erlosch
das Dunkel aufgegangen.

Ich sah das Schwarz das du verbargst
mit seidiger Haut und Fleisch
und zwischen deinen Zähnen dann „ich lieb dich" der Münze gleich.

Ich schrak auf und du machtest Licht, ausgewichen war die Nacht
der Schlange gleich die zu schlagen
ich bis dahin nicht vollbracht.

Und sie ließ auf unserm Laken
ihr Gewand in Schwarz zurück
diesen Faden zu durchschneiden war am Abend nicht mein Glück.

Προσωπικό

Ἐπειδή ἡ ζωή μας μοιάζει νά φυραίνει
μέρα τή μέρα, δέ θά πεῖ πώς ἡ ζωή
δέν ἀξίζει τόν κόπο.

Ἐπειδή σ' ἀγάπησα καί σ' ἀγαπῶ ἀκόμη
κι ἄς μήν εἶναι ὅπως παλιά,
δέ θά πεῖ πώς πέθανε ἡ ἀγάπη,
κουράστηκε ἴσως σάν καθετί πού ἀνασαίνει.

Ἐπειδή περνᾶς δύσκολες μέρες
σκυμμένη σέ χαρτιά καί γκρεμούς
πού δέν κλείνουν, κι ἐγώ πηδάω
τίς νύχτες ἐπί κοντῶ λαχανιάζοντας,
δέ θά πεῖ πώς δέν ἔχουμε
μοίρα στόν ἥλιο, ἔχουμε
τή δική μας μοίρα.

Ἐπειδή πότε εἶσαι ἄνθρωπος
καί πότε πουλί, φέρνεις στό σπίτι μας
ψωμάκια μικρά τῆς ἀποδημίας
κι ἐλπίζουνε τά παιδιά μας
σέ καλύτερες μέρες.

Ἐπειδή λές ὄχι καί ναί κι ὕστερα ὄχι
καί δέν παραιτεῖσαι, ντρέπομαι
γιά τά ἴσως, τά μπορεῖ τά δικά μου,
μά δέν ἀλλάζω, ὅπως δέν ἀλλάζεις κι ἐσύ,
ἄν ἀλλάζαμε θά 'μαστε πάλι
δυό ἄγνωστοι καί θ' ἀρχίζαμε
ἀπ' τό ἄλφα.

Persönliches

Daß unser Leben zu schrumpfen scheint
Tag um Tag, soll nicht heißen daß das Leben
der Mühe nicht wert ist.

Daß ich dich liebte und dich immer noch liebe
wenn es auch nicht so wie früher ist,
soll nicht heißen daß die Liebe starb,
sie ermüdete vielleicht wie alles was atmet.

Daß du schwierige Tage durchlebst
gebeugt über Papiere und Abgründe
die sich nicht schließen, und ich springe
in den Nächten Stabhochsprung keuchend,
soll nicht heißen daß uns kein
Schicksal unter der Sonne günstig ist, uns gehört
ein eigenes Schicksal.

Da du mal Mensch bist
und mal ein Vogel, bringst du in unser Haus
der Auswanderung kleine Brötchen
und unsere Kinder hoffen
auf bessere Tage.

Da du mal nein sagst und mal ja und wiederum nein
und nicht aufgibst, schäme ich mich
für die Vielleicht, die Kann sein aus meinem Munde
doch ich ändere mich nicht, wie auch du dich nicht änderst,
wenn wir uns änderten, wären wir wieder
zwei Unbekannte und würden bei Alpha
beginnen.

Τώρα ξέρουμε πού πονᾶς
ποῦ σωπαίνω πότε γίνεται παύση,
διακοπή αἵματος καί κρυώνουν
τά σώματα, ὥσπου μυστικό δυναμό
νά φορτίσει πάλι τά μέλη
μέ δύναμη κι ἕλξη καί δέρμα ζεστό.

Ἐπειδή εἶναι δύσκολο ν' ἀγαπᾶς
καί δυσκολότερο ν' ἀγαπᾶς τόν ἴδιο ἄνθρωπο
γιά καιρό, κάνοντας σχέδια καί παιδιά
καί καβγάδες, ἐκδρομές, ἔρωτα, χρέη
κι ἀρρώστιες, Χριστούγεννα, Κυριακές
καί Δευτέρες, νόστιμα φαγητά
καί καμένα, θέλοντας ὁ καθένας
νά 'ναι ὁ ἄλλος γεφύρι καί δέντρο
καί πηγή, κατά τίς περιστάσεις
ἤ καί ὅλα μαζί στήν ἀνάγκη,
δέ θά πεῖ πώς ἐγώ δέν μπορῶ
νά γίνω κάτι ἀπ' αὐτά ἤ καί ὅλα μαζί,
κι ἄν εἶναι νά περάσω
μιά ζωή στή σκλαβιά —ἔτσι κι ἀλλιῶς—
ἄς εἶμαι, λέω, σκλάβος τῆς ἀγάπης.

Jetzt sind wir uns gewiß wo es dich schmerzt
wo ich schweige wann eine Pause entsteht,
kurzes Aussetzen des Blutes und die Leiber
frieren, bis ein versteckter Dynamo
die Glieder wieder auflädt
mit Kraft und Anziehung und heißer Haut.

Weil es schwierig ist zu lieben
und schwieriger noch den gleichen Menschen
für lange, Pläne machen und Kinder
und Streit, Ausflüge, Liebe, Schulden
und Krankheiten, Weihnachten, Sonntage
und Alltag, gute Speisen
und angebrannte, wobei jeder möchte
daß der andere ihm Brücke sei und Baum
und Quelle, je nach den Umständen
oder auch all das zusammen in der Not,
soll nicht heißen, daß ich nicht fähig bin
etwas davon zu werden oder auch all das zusammen,
auch wenn es heißt
ein Leben in Sklaverei zu verbringen – sowieso –
dann bin ich eben, denke ich, ein Sklave der Liebe.

Είσοδος κινδύνου

Μέ τή βροχή πλαγιάζεις
καί τ' άστρο χαλινάρι.

Ὁ ὕπνος σου ραγίζει, χτίζεται,
ἀκούγεται στόν κάτω κόσμο.

Βγαίνουνε τά πειρατικά τριζόνια
καί τραγουδοῦν ἀφιερώσεις.

Καλλιόπη, Μιχαήλ, Ἑλένη,
Χρυσάνθη, Κατερίνα, Εὐθυμία.

Μπορεῖ καί νά 'ναι πεθαμένοι
ἀλλά κρατοῦν τό μυστικό τους.

Ξυπνᾶς κι ἀκόμη μουρμουρίζεις
ρεφραίν ἀπό πονετικές βροχοῦλες.

Noteingang

Mit dem Regen legst du dich nieder
und der Stern ein Zügel.

Dein Schlaf bekommt Risse, wird erbaut,
ist in der Unterwelt zu hören.

Die Grillen als Piratensender
widmen sich dem Wunschkonzert.

Kalliopi, Michail, Eleni,
Chrysanthi, Katerina, Evthymia.

Vielleicht sind sie auch schon verstorben
doch sie halten ihr Geheimnis fest.

Du wachst auf und murmelst noch immer
den Refrain vom tröstlichen Nieselregen.

Νοσοκομεῖο 'Ερυθροῦ Σταυροῦ

στή μάνα

Τά χέρια σου τά κέρινα
ή Παναγιά ἐκράτει.
Χιόνιζε στά σεντόνια σου
καί σ' ὅλο τό κρεβάτι.

Ἡ κόκκινη λιανή γραμμή
τοῦ πλαστικοῦ σωλήνα,
ἀπό τή φανερή πληγή
σάν ποταμάκι ἐκίνα.

Κι ἔφευγαν ἀπ' τά μάτια σου
σκιαγμένα τά τρυγόνια
καί μ' ἔφερναν σ' ἄλλους καιρούς
καί στά μικρά μου χρόνια.

Μικρά πολύ πικρά πολύ
χτισμένα γύρα γύρα
καί μόνο ἀπό τή χούφτα σου
σπυρί χαρᾶς ἐπῆρα.

Krankenhaus Rotes Kreuz

für Muttter

Deine Hände wie Kerzen
die Madonna herrscht.
Es schneite auf deine Laken
und auf das ganze Bett.

Der rote dünne Faden
des Plastikröhrchens
aus der offenen Wunde
bewegt sich wie ein Rinnsal.

Aus deinen Augen flogen auf
verschreckt die Turteltauben
und trugen mich in andere Zeiten,
in meine jungen Jahre.

Die sehr beengt sehr bedrängt
rundum zugebaut
und nur aus deiner Hand
empfing ich ein Körnchen Freude.

Τῶν κεκοιμημένων

στή μάνα καί στόν Χρῆστο

Ἄς ποῦμε ἕνα τραγούδι σιγανό,
καθώς ἁρμόζει στούς κεκοιμημένους,
ἐνῶ φτερά πουλιῶν γεμίζουν τόν ἀέρα
κι αὐτοί περνοῦν σκυφτοί
σηματοδότες καί βγαίνουν σέ ὑπόγειες
διαβάσεις.
Πάλι σκοτάδι, πάλι τῆς ψυχῆς
τ' ἀπόκρημνα φαράγγια
κι ὁ ἥλιος μέ παλάμες κάρβουνο
νά τούς πατάει,
ὥσπου βουτᾶνε στά νερά καί κρύβονται.

Κι ὅμως γελοῦσαν στά νοσοκομεῖα,
δέ βρίσκανε τό φαγητό τοῦ γούστου τους,
βλέπανε τηλεόραση, ἔκαναν σχέδια
γιά ἕνα μέλλον πού κανείς δέν τούς ὑπόσχονταν.
Οὔτε οἱ γιατροί μέ τό φθαρμένο κύρος
οὔτε οἱ δικοί τους μέ τήν ἀναπόδεικτη ἀγάπη
καί μόνον οἱ ὀροί τούς λέγαν τήν ἀλήθεια
στάζοντας μέρα καί νύχτα
τά χημικά τοῦ χάρου μές στό αἷμα τους.

Ἄς ποῦμε ἕνα τραγούδι σιγανό,
καθώς φτερά πουλιῶν γεμίζουν τόν ἀέρα
κι αὐτοί βουτᾶνε στά νερά καί κρύβονται,
ἐνῶ τό φῶς ἐπάνω
τρέχει σέ πλάτες καί μαλλιά
καί συντηρεῖ τά ζῶα καί τά χόρτα,
μά προπαντός τά λέπια του.

Den Entschlafenen

für Mutter und Christos

Laßt uns ein leises Lied singen,
wie es den Entschlafenen gebührt,
während Schwingen von Vögeln die Luft erfüllen
und sie gehen vorbei gebeugte
Blinklichter und passieren unterirdische
Gänge.
Wieder Dunkelheit, wieder der Seele
schroffe Schluchten
und die Sonne mit Handflächen aus Kohlenglut
drückt auf sie,
bis sie ins Wasser tauchen und sich verbergen.

Und dennoch lachten sie in den Krankenhäusern,
sie fanden das Essen nicht nach ihrem Geschmack,
sie sahen fern, machten Pläne
für eine Zukunft die ihnen niemand versprach.
Weder die Ärzte mit ihrer angeknacksten Autorität
noch die Verwandten mit der unbewiesenen Liebe
nur die Infusionen sagten ihnen die Wahrheit
die Tag und Nacht
die Chemikalien des Todes in ihr Blut tropfen ließen.

Laßt uns ein leises Lied singen,
solange Schwingen von Vögeln die Luft erfüllen
und sie ins Wasser tauchen und sich verbergen,
während das Licht oben
über Rücken läuft und Haare
und die Tiere ernährt und das Gras,
doch vor allem seine Schuppen.

'Αμνησία

Ἡ κάθε μέρα σάν τή γομολάστιχα
σβήνει τήν προηγούμενη καί πάει.
Ἄλλοτε σβήνει τήν ἑπόμενη,
καμιά φορά ὁλόκληρη βδομάδα.

Βροχές θυμᾶμαι καί πουλιά
καί ἱστορίες πού δέν ἔζησα ποτέ μου.

Τίς νύχτες γράφεται τό μέλλον μου,
τά φοβερά καθέκαστα τῆς ἑπομένης,
καί πρέπει νά ξυπνάω στίς ἐφτά,
μέ τήν ψυχή στά δόντια νά γυρίζω,
γιά νά προλάβω τίς παραγγελίες.

Χιόνια θυμᾶμαι καί βουνά
καί ἐξορίες πού δέν ἔζησα ποτέ μου.

Λησμόνησα τούς ἴδιους τούς γονεῖς μου,
πῶς ἤτανε καί ποιοί καί πόσοι.
Κοιτάζω γράμματα, φωτογραφίες,
δέν ξεχωρίζω ζωντανούς καί πεθαμένους.
Γριές καί γέροι καί παιδιά,
μεσήλικες θλιμμένοι.

Μάτια θυμᾶμαι καί φωνές,
πρόσωπα πού δέ γνώρισα ποτέ μου.

Gedächtnisschwund

Ein jeder Morgen löscht wie ein Radiergummi
den vorangegangenen aus und weg ist er.
Ein andermal löscht er den nachfolgenden,
manchmal eine ganze Woche.

An Regen erinnere ich mich und Vögel
und Geschichten die ich nie erlebte.

Nachts wird meine Zukunft geschrieben,
die furchtbaren Ereignisse von morgen,
und ich muß um sieben aufwachen,
mit Mühe und Not herumzulaufen,
um die Aufträge zu schaffen.

An Schneeschauer erinnere ich mich und Berge
und Verbannungen die ich nie erlebte.

Ich vergaß meine eigenen Eltern,
wie sie waren und wer und wie groß.
Ich betrachte Briefe, Fotografien,
und kann die Lebenden von den Toten nicht trennen.
Greisinnen und Greise und Kinder,
Traurige mittleren Alters.

An Augen erinnere ich mich und Stimmen,
Gesichter die ich nie gekannt.

Σώμα τυφλό
μέ τό λευκό ραβδάκι τῶν ὀστῶν
ἐπάνω κάτω
στήν κλίμακα τοῦ σκελετοῦ.
(Μαῦρο βελοῦδο τά μάτια
καί τῆς ἁφῆς τ' ἀγρίμι διψασμένο.)

Σώμα τυφλό, πού κινδυνεύει
καθώς ἀκούγεται τίκ-τάκ
ὡρολογιακός σφυγμός.
(Φέρε τό βλέμμα σου,
τό αἷμα σου φέρε στή χούφτα.)

Σώμα τυφλό πού κινδυνεύει.
'Από λαγούμια θά περάσει,
σέ χρεμετίσματα θά βγεῖ:
ἄλλων σωμάτων;
τοῦ θανάτου;

Ὁ καιρός θά δείξει,
ἀλλά βιάζομαι νά βάλω τίτλο:
Π ρ ο φ η τ ι κ ό

(Κάτι συμβαίνει ἐδῶ,
μά ὄχι στή ζωή μου. 'Ακόμη...)

Blinder Körper
mit dem weißen Blindenstab der Knochen
hinauf und hinunter
auf der Leiter des Skeletts.
(Schwarzer Samt die Augen
und durstig das Wild des Tastsinns.)

Blinder Körper, der in Gefahr geraten
indem man tik-tak hört
der Puls ein Uhrwerk.
(Führe deinen Blick,
führe dein Blut in die hohle Hand.)

Blinder Körper der in Gefahr geraten.
Durch Stollen wird er dringen,
im Wiehern herauskommen:
der anderen Körper?
des Todes?

Die Zeit wird es weisen,
aber ich beeile mich einen Titel zu finden:
P r o p h e t i s c h

(Etwas geschieht hier,
doch nicht in meinem Leben. Noch nicht...)

Μέσα στήν ἄφθονη ἀνωνυμία

Λιγομίλητος, καί μέ σκιά βελανιδιᾶς
κάθεται τώρα στήν ἴδια τή σκιά του
σάν ὀρφανό σέ ξένη πόρτα.
κάθεται καί παραμιλάει μόνος,
λέξεις χαλίκια καί σπασμένα σύμφωνα
μπροστά σέ μανιασμένη θάλασσα,
ὁ δωρικός του λόγος...

Inmitten üppiger Anonymität

Wortkarg, und mit dem Schatten der Eiche
sitzt er jetzt in seinem eigenen Schatten
dem Waisen gleich an fremder Tür
sitzt da und führt Selbstgespräche,
Wörter wie Kieselsteine und zerbrochene Konsonanten
vor dem tosenden Meer,
dorisch sein Wort...

... θρύψαλα
καί τί 'ναι αὐτές οἱ λέξεις
μέ μουσική βγαλμένες κι ἀπό ποῦ,
ὅλο ὑποκοριστικά καί τέτοια,
μιά γλώσσα νήπια πού ὅλα
τά θέλει τοῦ χεριοῦ της, τά δέντρα
γίνονται δεντράκια, τό νερό...

... Scherben
und was sind diese Wörter
unter Musik hervorgebracht und von wo,
voller Diminutive und Ähnlichem,
eine Sprache die kindlich alles
für sich beansprucht, aus Bäumen
werden Bäumchen, aus Wasser...

... νεράκι,
τόση ἐνηλικίωση ποῦ πῆγε,
τόση φροντίδα νά φαίνεται ὅσο εἶναι,
ἀφήνοντας ρυτίδες, περιττά κιλά
νά ζώνουν τό κορμί του, ποῦ πῆγε
τόση φρόνηση καί τώρα
ὁ κόσμος περισσεύει γύρω του, τόν πνίγει,
ἀλλά κι αὐτός αἰφνίδια φουσκώνει
καί ξεχειλίζει...

... Wässerchen,
soviel erreichte Mündigkeit wo ist sie geblieben,
soviel Mühe sein wahres Alter zu zeigen,
Runzeln zulassend, überflüssige Pfunde
an seinem Körper, wo ist sie geblieben
soviel Besonnenheit und jetzt
sind zuviel Leute um ihn herum, sie erdrücken ihn,
aber auch er schwillt plötzlich
und tritt über die Ufer...

... ἀπ᾽ τή ζωή του
κι ἀπ᾽ τό σῶμα του, φωνάζοντας
μπροστά σέ μανιασμένη θάλασσα
ὀνόματα πρωτάκουστα, καλώντας
ἕνα ἕνα σ᾽ αὐτή τήν Πρώτη Παρουσία
τά πλάσματα ἑνός ψευδώνυμου
καί δαμασμένου κόσμου,
πού φτύνουν τήν ὑποταγή
καί τίς οἰκόσιτες συνήθειες
καί θέλουν νά γυρίσουνε στά δάση,
μέ φονικά καί ὁπλές, ἁπλές χειρονομίες
τῆς ἀνάγκης...

... aus seinem Leben
und aus seinem Körper
vor dem tosenden Meer
nie gehörte Namen schreiend
nach und nach zum Ersten Gericht rufend
die Geschöpfe einer pseudonymen
und domestizierten Welt,
die auf Gehorsam spucken
und auf die Eigenschaften von Hausbewohnern
sie wollen in die Wälder zurück,
mit Morden und Hufen, einfachen Gebärden
der Not...

… ξεχασμένες,
κάθεται τώρα στήν ἴδια τή σκιά του
σάν ὀρφανό σέ ξένη πόρτα
μά ἡ ζωή ζητάει τό μερτικό της,
δέν ξέρει ἀκόμη τί τόν περιμένει,
ἀργότερα θά καταλάβει,
πώς ἡ ζωή τόν προσπερνάει,
πώς τίποτε δέν ὀνομάζει, οὔτε νερό
οὔτε νεράκι λέει,
καί μές στήν ἄφθονη ἀνωνυμία
μονάχα τοῦτα τά χαρτιά
κι ὁ μαρκαδόρος του πού τελειώνει

... die vergessen sind,
sitzt er jetzt in seinem eigenen Schatten
dem Waisen gleich an fremder Tür
doch das Leben fordert seinen Anteil,
er weiß nicht was ihn noch erwartet,
später wird er verstehen,
daß das Leben ihn überflügelt,
daß das Leben nichts benennt, daß es weder Wasser
noch Wässerchen sagt,
und inmitten üppiger Anonymität
allein diese Papiere
und sein Filzstift der ihm ausgeht.

Τό κοτσύφι

στή συντροφιά ἐκείνης τῆς Τετάρτης, 18.5.88

Λιγνό καλογεράκι τό κοτσύφι
μέ τεριρέμ βραχνά καί προσευχές
ἀδέξιες ὅλο τό χρόνο, ἀλλά τήν ἄνοιξη
μές στά λαμπρά πλατάνια λειτουργεῖ
σέ τόπους γνώριμους καί δέντρα
εἰπωμένα, τότε πού ἔβρεχε,
πού φύσαγε κι ἔκανε κρύο, τότε
πού χιόνιζε κι αὐτό κρεμότανε
στά μαῦρα σπόρια τοῦ κισσοῦ
γιά νά ταΐσει λιγοστό κορμάκι
κι ὕστερα σ' ἕνα κλαδί ἀφηνόταν,
μιά μαύρη φλόγα μές στό χιόνι
περιμένοντας,
                    ὥσπου τήν ἄνοιξη
ἔρχεται κάτι καί τοῦ λύνει
τόν κόμπο πού 'χει στό λαιμό
κι ἀναπηδάει φωνή πού τό ξαφνιάζει,
θρεμμένη ἀπό σιωπή καί στέρηση,
καί γίνεται ἐφημέριος μιᾶς σκοτεινῆς
θρησκείας καί μιᾶς θεᾶς πού ὅλο
τό παιδεύει, βάζοντας κυνηγούς
καί γάτες καί νυφίτσες νά τό φοβερίζουν
γιά νά τραγουδάει,
                    ὅσο προλάβει,
μέχρι νά πέσει μπρούμυτα καί πάλι
στή χειμερία νάρκη τῆς φωνῆς του.

Die Amsel

an die Gesellschaft jenes Mittwochs, 18. 5. 88

Mageres Mönchlein die Amsel
mit heiserem tirili und Gebeten
unbeholfen das ganze Jahr lang, doch im Frühling
zelebriert sie in den prachtvollen Platanen
in einer Gegend die bekannt und in Bäumen
die benannt, damals als es regnete,
als es wehte und kalt war, damals
als es schneite und sie hing
an schwarzen Kernen des Efeus
um ein winziges Körperchen zu nähren
dann ruhte sie auf einem Zweig,
schwarze Flamme im Schnee
wartend,
bis im Frühling
etwas kommt und ihr
die zugeschnürte Kehle löst,
so daß eine Stimme überraschend aufspringt,
wohlgenährt von Schweigen und Entbehrung,
und wird zum Priester einer finsteren
Religion und einer Göttin die sie andauernd
quält, Jäger aufstellend
und Katzen und Wiesel sie einzuschüchtern
damit sie singt,
soviel sie kann,
bis sie wieder hinfällt auf den Bauch
zur winterlichen Starre ihrer Stimme.

Biographisches

Michalis Ganas, geboren 1944 in Tsamandas/Thesprotien in Epirus. Als kleines Kind erlebte er den grausamen Bürgerkrieg, der zum großen Teil in den Bergen seiner Heimat ausgetragen wurde. Dies hatte zur Folge, daß er mit seiner Familie sieben Jahre in Albanien und Ungarn herumirrte, bis er dann 1954, zehn Jahre alt, nach Griechenland zurückkehrte.
Er studierte an der Universität Jura. Er hat als Buchhändler in der Buchhandlung Dodoni in Athen gearbeitet. Heute ist er in einer Werbeagentur tätig. Er hat viele Dokumentarfilme über griechische Literaten gedreht, und viele Liedertexte geschrieben. 1994 wurde er mit dem Ersten griechischen Staatspreis für Lyrik ausgezeichnet. Die Werke Stiefmutter Heimat, Akathistos Dipnos und Schwarze Brocken sind 1985 auf deutsch bei Romiosini erschienen.

Werke: Stiefmutter Heimat (Prosa) 1961
Akathistos Dipnos (Gedichte) 1978
Schwarze Brocken (Gedichte) 1980
Gläsernes Jannena (Gedichte) 1989
Paraloji (Ballade) 1993, (Griechischer Staatspreis für Lyrik 1993)

Περιεχόμενα

Inhalt

Weitere Titel in der REIHE POESIE:

Ritsos, Jannis: Monochorde
1989/ ISBN 3-923728-12-3/ DM 14,80
Übertr. von Asteris Kutulas

Sachturis, Miltos: Gedichte
1990/ ISBN 3-923728-45-X/ DM 14,80
Übertr. von Andrea Kapsaski

Kondos, Jannis: Die Knochen und die Kreide
1990/ ISBN 3-923728-44-1/ DM 14,80
Übertr. von Aris Gerardis und Gunnar König

Patrikios, Titos: Spiegelbilder
1991/ ISBN 3-923728-50-6 / DM 14,80
Übertr. von Anna Lazaridou und Helena Pekalis

Sideri, Dadi (Hrsg.): Und ich, die nur wollte, ich.
— Griechische Lyrikerinnen der Moderne —
1993/ ISBN 3-923728-69-7/ DM16,80
Übertr. von Dadi Sideri

Sterjopulos, Kostas: Hier wo das Licht mit der Schwerkraft ringt
1994/ ISBN 3-929889-05-6 / DM 16,80
Übertr. von Birgit Hildebrand

In Vorbereitung:

Karyotakis, Kostas: ...die Tat zu verschieben
vorauss. 1995/ ISBN 3-923728-77-8

Sinopulos, Takis: Gedichte
vorauss. 1995/ ISBN 3-923728-78-6